아침 우포

정현숙

경남 김해 출생
1990년《문학세계》신인상 및 1991년《시조문학》천료
시조집『화포리에서』,『늘 바라보는 산』외
동시조집『둠벙에 살던 물방개』외
성파시조문학상, 부산문학대상 등 수상
한국문인협회, 부산문인협회, 한국시조시인협회, 오늘의시조시인회의,
부산여류시조문학회, 국제시조협회 회원
현재 부산시조시인협회 회장
preo6360@hanmail.net

아침 우포

—

초판 1쇄 2021년 8월 20일
지은이 정현숙
펴낸이 김영재
펴낸곳 책만드는집

주소 서울 마포구 양화로 3길 99, 4층 (04022)
전화 3142-1585·6
팩스 336-8908
전자우편 chaekjip@naver.com
출판등록 1994년 1월 13일 제10-927호
ⓒ 정현숙, 2021

—

* 본 도서는 2021년 부산광역시, 부산문화재단〈부산문화예술지원사업〉으로
지원을 받았습니다.

부산광역시 BUSAN METROPOLITAN CITY BⅡㅎ太ㄷ 부산문화재단 BUSAN CULTURAL FOUNDATION

—

ISBN 978-89-7944-770-5 (04810)
ISBN 978-89-7944-354-7 (세트)

책만드는집 시인선 177

아침 우포

정현숙 시조집

책만드는집

서랍 속에서
비망록 속에서
먼지 앉은 시어들을
조심스레 꺼내어
하나하나
생각의 입김으로
닦아보았다

2021년 8월
정현숙

| 차례 |

2부   광안리 탱고

3부 가을 미사

4부 담쟁이

5부 ᵇ 대설 앞에서

1부

아침 우포

목련

물레에 한생 실어 빚어낸 백자 접시

이 봄날 볕살 속에 초벌구이 하였더니

보란 듯 선반 층층이 눈 시리게 쌓인다

서재에 갇힌 바다

통유리 바깥에서 밤낮으로 노크하는
바다의 하얀 손이 시선을 잡아끈다
서가에 몰래 꽂아둔 자기 시집 찾겠다고

햇빛이 차오른 방 수족관이 되었다
생각의 지느러미 탈출을 시도해도
방울눈 가시고기가 지켜보고 있었다

그림자 일렁이는 프리지어 향기 꺾다
엎지른 자판 활자 주워 담지 못할 때
갈매기 서너 마리 와 힐금힐금 물고 난다

천칭 天秤

순리를 저울에 달 땐 추 따윈 필요 없지
새 아침 나팔꽃이 머금은 이슬방울
그 무게 평형 이루며 흙의 평화 노래하지

대숲에 밤새 내린 함박눈 보고 있으면
고봉밥 못 푼 엄니 울컥울컥 눈물 난다
이팝과 조팝 그 사이 쌀이 못 된 예전에

네 생각 내 마음의 기울기를 알 수 있다면
하나쯤 덜 가져도 그게 행복일 텐데
눈금을 움직이는 손 자꾸자꾸 떠는 날들

기상대 분소

쑤시는 정강이뼈 장작 패 쌓아놓고

어머니 몸 그래프 일기예보 송출한다

장마에 눅진한 허리 쩔쩔 끓던 구들장

아침 우포

큰 화첩 넘긴 첫 장 물안개가 스멀댄다
그 속을 비집고 나온 수묵빛 쪽배 한 척
장대로 세월의 깊이 조심스레 재고 있다

찾아든 진객 위해 맷방석 내어 와서
발목 삔 황로에게 침 시술 하는 가시연
햇살이 부기 빼느라 자연 온도 높여간다

백악기 자궁에서 눈뜨는 신생新生 위해
정찰 갔다 돌아오는 꼬마 고추잠자리
늪왕국 이상 없다며 곤한 잠을 청한다

비슬산 참꽃

내 뭐라 카더노 집에 있어라 안 카더나

니 바지 붙은 불도 감당하기 힘들 낀데

속에 확 붙은 불길은 인자 우째 끌 끼고

십육만도자대장경

성파의 원력으로 도판 구운 십육만도자대장경
산까치 아침마다 경건히 외고 있다
영축림 자락에 깃 편 장경각에 날아와

주목은 죽어 천년 한지는 살아 천년
그보다 명이 긴 건 돌에 새긴 명문銘文인데
불에서 태어난 경전 천만년도 살겠다

오고 감 그 모두는 색즉시공 말이 없고
서운암 뻐꾸기는 그걸 미리 알아선지
옷소매 걷어붙이고 그릇 닦기 바쁘다

2020 실종된 봄

마스크 대란으로 거리두기 무시한 채
장사진 틈새에서 나목이 되어갔다
며칠째 허탕 번호표 속에 불을 지폈다

눈 빼꼼 내어놓고 히잡 쓴 사람들이
도무지 그땐 왜 왜 이해가 안 됐을까
한순간 세계가 온통 새 패션을 연출한다

꽃무늬 천을 잘라 밤이 도운 수제 마스크
시름 찬 반짇고리에 장장이 쌓여갔고
입마다 가새표 치자 봄이 길을 잃었다

눈부처*

말문 꾹 닫아건 채 몇 겁 생 돌고 돌아
용암에 뛰어들어 다시 돌로 태어난 너
한번은 연을 맺으려 강바닥서 만난 너

가슴속 숨긴 사랑 이끼로 돋아나서
오며 가며 눈빛 속에 촉촉이 스며들어
어디든 그림자 되어 속엣말을 나눈다

어쩌면 나를 위한 등신불일 거란 믿음에
먼 길 가는 도반처럼 손 모으는 이른 아침
개울가 물매화 가지 볼우물에 벙근다

* 낙동강에서 채집한 아끼는 수석.

21

개명

내리 딸 끝낸다고 넷째인 시모님을
항렬을 벗어나서 막달이라 작명했대
부모 맘 아들 얻고파 오죽했음 그랬을까

미신을 중히 여겨 덕 봤다는 사내 동생
어화둥 햇덩이를 잡귀 혹여 데려갈까
궁리 끝 동생 별호를 '붙들이'라 했단다

시인 된 동생 보며 이야기꾼 꿈꾸었던
잡기장 겉장에 쓴 음전한 이름 들고
일흔에 자신을 찾아 법원 문턱 넘었대

들똥

둑방길 걸어가다 애기똥풀꽃 보다가
아버지 옛 말씀이 슬멋 웃음 나게 했다
"급해도 똥은 집에 와 변소에서 누어라"

그 시절 그러했다 똥은 다 거름이라고
금빛 도는 아기 똥에 소똥 말똥 닭똥까지
구린 줄 모르는 호기 헛간에서 쌓였다

반세기 전 고향에서 친구와 했던 약속
용쓰며 시원하게 둘이서 들똥 눈다
낙동강 젖 물린 밭엔 비닐하우스 뿐이고

폐교의 가을

아이들 불러대다 목이 쉰 느티 아저씨
사그닥 쿨룩쿨룩 마른기침 뱉고 있다
가끔씩 거울 삼아서 창문 넘본 잠자리

채송화 동화나라 덤불쑥에 내어주고
아직도 숙제 덜 한 거미 혼자 곁눈질 중
풀옷을 입은 동상이 수위인 양 지킨다

색종이 곱게 접어 뚝딱 만든 동물 가족
달려간 앞산 뒷산 색동 낙엽 되어있고
칠판을 대신한 하늘 제트기가 채점한다

가을 동화

대봉감 신호등이 빨간불 커던 날에

잎새는 멈칫멈칫 포르르 내려앉고

아이들 떠드는 소리 흥부네를 닮았어요

경주 주상절리

살풀이 부채 공연 이제 막 끝난 지금
나부낀 흰색 천이 체머리를 흔들어댄다
백악기 바람 속에서 소리길 접어들면

아마도 해안가는 숯 굽던 가마였나
봉토인 양 솟은 바위 실낱 연기 새어나고
저것 봐 참나무 숯 더미 차곡차곡 쟁였잖아

수궁과 이어지는 별채를 짓는다면
금강송 편백나무 주목도 마다하고
부식과 연소가 없는 이곳 자재 쓰리라

겨울 강

눈 펑펑 내린 강에 한지 뜨는 겨울바람

갈대는 묵필 들어 진경산수 그려간다

시린 맘 화제로 우는 얼음장 밑 물소리

2부

광안리 탱고

복천박물관

우주로 나아가던 가야의 타임캡슐

또 다른 행성 위해 좌표를 찍어놓고

새 손님 태워 가느라 문을 활짝 열었다

광안리 탱고

희망이 왜 푸른지 광안리에 오면 안다
잠시도 쉬지 않고 달려왔다 달려가서
흰 갈기 세운 물굽이 가슴 열어주느니

어부들 젖은 앞섶 윤슬로 반짝일 때
하늘에 닿은 바다 수평선이 나뉘었다
일곱물 그물에 갇혀 펄떡이는 아침 해

백사장 흔적들은 발로 쓴 악보였다
동백꽃 붉은 사랑 하프 꺼낸 광안대교
은파가 현을 고르며 자맥질로 연주한다

도시는 구어체로 사계절 시 쓰다 말고
4분의 4박자로 스텝을 밟고 있다
휘감긴 파도의 치마 한쪽 끝이 들린 채

희망온도계

구세군 자선냄비 겨울을 끓이던 날
함박눈 다복다복 불쏘시개 되어주고
종소리 딸랑거리자 머뭇대는 걸음들

차갑게 식은 도심 마스크로 빗장 걸고
썰렁한 선물의 집 트리서 빛나는 별
은은한 성탄 캐럴송 축복인 양 듣는다

가난한 생활 쪼갠 행렬은 줄었지만
기부 천사 고사리손 맞잡은 마음들이
흐려진 희망온도계 쓰다듬고 있었다

몰운대

동해와 남해 물이 몸 섞는 몰운대는
하구의 갈대숲과 다대포가 포개는 곳
개펄의 막대조개도 절로 맛이 들겠다

성벽城壁 된 안개구름 국방의 요충지로
격전의 임진왜란 선봉장인 이순신도
저 왜구 노략질 출몰 애를 많이 끓였겠다

층층이 기암괴석 시간의 추 멈춘 자리
다섯 줄 향비파의 밀물 소리 잠잠하면
해송의 싸한 향기가 무딘 혼을 벼린다

소금기 묻은 달빛 해도海圖 속에 부서진다
몇 마리 달랑게가 제 세상인 양 들락날락
눈과 귀 잠든 적 없는 사유 깊은 뭍이여

결행의 꿈

덩실한 동래 정씨 집성촌 떠나온 건
학자금 감당 못 해 벼랑으로 내몰렸지
다랑논 서너 마지기 잡초에게 내주고

고행을 운명처럼 들메끈 고쳐 매고
수많은 생각 건너 꽃으로 쥔 막차 표
세상은 봄이라지만 쇠바퀴는 철거덕

너덜겅 텃새처럼 허공쯤은 깨워야지
보폭은 저 고갯길 흔들림 없는 발판
아직은 쓴맛 다시며 묵언수행하는 중

동래학춤

꽃 지고 봄이 가면 올 이도 없는 산방
어머니 남기고 간 옥양목 잘라내어
더덩실 춤이나 추게 흰옷 한 벌 지으련다

북재비 참맛일랑 바람이 대신하고
어깨춤 들쭉날쭉 신명 난 사위 사위
돌아본 물소리 얼쑤 추임새도 넣으리

가끔은 산다는 게 눈 캄캄 어두우면
보름날 달을 당겨 처마 끝에 걸어놓고
분분한 세월 자락과 술래잡기해 보련다

해운대 밤바다

안개 속 잠긴 섬이 별천지로 부침浮沈한다
표백제 푼 파도 창에 와 게워대고
때 절은 온갖 세상일 손빨래로 치댄다

누구든 여기 와서 어둠에 익숙하면
각이 진 모난 맘도 둥글게 다듬어져
뚫린 귀 몽돌 속에는 물소리가 사느니

수억 개 불빛들이 은하수로 흐른 이 밤
바디 북 딸각이며 구름 짜는 직녀 위해
마천루 처마 끝에는 초승달이 걸린다

겨울 한국화

순백의 화폭 속엔 움직임 하나 없고

강가에 버려졌던 몽당붓 갈대 밑동이

담묵빛 일필휘지로 선묘 그려나간다

볕뉘

얼결에 휠체어 탄 젊은 사촌을 보내고
풀잎에 앉은 여치 그를 닮은 마음으로
바람이 날라준 국 향에 눈과 귀를 씻었다

쪽문을 비집고 든 안부 같은 한 뼘 그늘
무명옷 시린 빛은 홀연히 사라졌고
누굴까 문밖에 와서 서성이던 자취는

노부부 표정 앞에 김 풀린 더운 찻잔
화단의 밝은 꽃들 시치미 뚝뚝 떼도
누구를 탓할 생각은 처음부터 없었다

지각한 봄

양지에 붙은 추위 입김으로 지운 터에
수다 떤 꽃샘바람 뒷발 슬멋 빼게 했다
은사銀絲를 푸는 냉이도 아지랑이 닮았고

빈 하늘 가슴 저며 서러워 눈물 났던
그 둔덕 배고픔에 손 흔들던 하얀 삘기
강물도 뜀박질하며 윤슬 보여주었다

긴긴해 하품할 때 저물도록 밭에 살며
흰 수건 머리 쓰고 학이 된 내 어머니
호미로 글 쓴 이랑에 초록빛을 키웠다

오월 장미

옷고름 붉은 옷고름 풀린 채로 담을 넘는

사춘기 계집애야 어딜 가려 하느냐

안 본 척 길 가던 바람 초록 치마 잡아끈다

오륙도

초록빛 융단 펼친 부산항 앞바다는
용왕님 여섯 아들 놀이터이었대요
지금도 술래잡기로 자맥질을 하지요

방패 솔 수리 송곳 굴 밭 이름도 각각
강낭콩 형제처럼 물 들고 물 날 때면
머리만 쏙쏙 내미는 동화 속의 요정들

바닷길 멀리멀리 손차양하는 한낮
오선지 파도 자락 악보를 그려가며
물새는 하얀 물새는 아코디언 켜지요

눈웃음 행로

눈빛이 촉수 되어 삶을 읽는 어느 중년

초록불 떨어지는 건널목 지날 때엔

앞장선 손주 박수에 반짝이는 햇살들

아저씨 힘내세요 가로수도 응원하고

일곱 살 연둣빛이 팔랑팔랑 잎새마냥

힘겨운 소통의 길에 주파수를 맞춰요

가을 청도

초파일 지난 지도 한참이나 되었는데

발걸음 닿는 곳곳 출렁이는 반시 연등

아아 저 거룩한 축제 절로 손이 모인다

인동초

날씨가 추워지자 헤엄치는 금붕어빵
아이들 손안에서 달아나려 파닥인다
왁자한 웃음소리가 골목시장 달구고

길냥이 형광 눈빛 번뜩 감춘 모퉁이로
옷깃을 세운 어깨 뚜벅이며 오는 거인
한 봉지 온기를 사서 머릿속에 담는다

산번지 마중 나온 삼십 촉 아기 반달
절며 온 그림자와 주머니 속 얘기 꺼내
한 마디 새순 넝쿨로 담장 위에 걸친다

3부
가을 미사

가을 미사

가을볕 하도 좋아 길에서 산 국화분이
마천루 베란다서 노란 촛불 켜 든 그날
연미복 입은 귀뚜리 겨울 옴을 알렸다

세상은 물속같이 낮게 낮게 가라앉고
경적에 깜짝 놀라 잠언 놓친 산비둘기
평화는 어디에 있냐고 구구구구 묻는다

면사포 살짝 쓴 듯 소리 없이 내린 서리
정지된 화면처럼 움직임이 줄어들고
떡갈잎 한 장 내려와 맨땅 위에 입 맞춘다

여성배려칸

지하철 1호선 정오의 5호차 안
정거장 설 때마다 안녕 안녕 윙크하듯
임산부 분홍 등 좌석 눈을 깜박거린다

캐리어 끌고 오른 소녀들 재잘거림
갑자기 차내 공간 프리지어 냄새 난다
부산역 묻는 걸 보니 어디 여행 가나 보다

할미 품 열어두고 구슬 눈 굴린 아이
제 동생 생겼음을 가만히 엿듣다가
고소한 미역국 그릇 얌전히도 안았다

유등

못 잊는 너를 위해 남강에 띄운 연등

실꾸리 다 풀리는 천 길 물속일지라도

오늘 밤 물고기 되어 입질 한번 해주렴

비망록에 적힌 동화

누구나 꺼리는 오지 발령 받은 그곳
산머루 닮은 눈매 초롱한 애들 함께
돌을볕 웃음소리를 동산 위에 널곤 했지

저만치 거리 두고 곁 주며 따른 소년
내 마음 풍금 위에 음표 하나 그려간 날
연필심 까맣게 묻은 참외 두 개 내밀던

용혁인 꿈 뭐냐고 가만 물어보았더니
엄마의 빈자리에 청각 잃은 아빠 위해
큰 등불 수화 통역사 열 살 아이 해맑음

광양만 짙은 해무 아득하게 덮어오면
오일장 안부같이 젖어드는 그리움들
청년 된 바람개비는 아직 돌고 있겠지

수화*의 우주

별비가 쏟아진 밤 울컥울컥 눈물 흘렸다

오고 갈 수 없는 거리 한 점 빛도 못 되는 나

어디쯤 흘러가면서 소멸되고 있는지

* 화가 김환기 아호.

고로쇠나무

지난 밤 꿈길 내내 전동기 소리 들렸다
온기로 데운 둥지 산새 푸덕 날아오르고
가지 끝 움츠린 잎사귀 부들부들 떨었다

웰빙을 슬로건처럼 가슴에 새긴 무리들
묻지 마 링거 줄로 백혈구 마구 뽑았다
어린것 날벼락 고문 야경증에 시달렸다

모르나 왜 모르나 최고의 무위자연을
한 모금 초록 공기 풀 한 포기 흔들림을
수필의 명문장으로 남겨둬야 한다는

검정 비닐봉지

얼부푼 손금 아래 파릇한 시린 봄이
난전서 옹기종기 자잘한 웃음을 판다
별 묻은 눈빛도 몇 줌 덤으로 담아주며

속마음 내비치는 그런 비밀까지도
검정 비닐봉지는 가림막 되어준다
가벼운 포장 때문에 궁금증을 갖지만

햇빛을 등에 지고 둥근 길 찾아들며
고요한 생각 펼쳐 탁한 눈 닦는 시간
변색을 모르는 빛으로 품어주는 방이 있다

복수초

저 어린 철부지가 옷 자랑 하고 싶어

봄눈이 남아있는 문밖을 달려 나와

새로 산 노란 치마를 바람결에 뽐낸다

찔레꽃

어머니 자장가에 뻐꾸기 울던 오월
설움도 풀물 들게 귀 반쯤 열어두면
마을의 끝 집 울타리 감싸 피던 흰 순수

밤이면 함지박에 별 소복 이고 와서
새벽밥 짓느라고 쌀 씻는 소리 함께
첫닭이 울기도 전에 세상 꼼꼼 살피던

외갓집 가는 길엔 흙 묻은 흔들 버스
몇 번을 굽어 돌다 내릴 곳 다다르면
니 오나 힘들었제 하며 눈빛 먼저 반긴 꽃

가을 동심

신라금관 장식처럼 반짝이는 노란 은행잎

바람이 일렁이면 나비 떼로 팔랑팔랑

살포시 잡은 한 마리 책갈피에 넣지요

단풍들은

공원의 나무들이 도란도란 노는 가을
방글한 정오 햇살 한 자락 끌어와서
색동옷 입히기 놀이 날갯짓을 하였다

샛노란 은행잎은 제트기로 날아가고
돛 없는 띠배 잎은 바람결에 길 떠난다
아직도 못다 쓴 편지 기러기에 맡기고

자장매

흰 눈이 묻은 먼 산 재채기하던 늦겨울
옹이 진 고매古梅 등걸 툭툭 터진 살갗마다
삼십 촉 불 밝히느라 선혈 퐁퐁 솟았다

격자창 바깥에는 별천지듯 꽃비 오고
댓돌 위 고무신에 흥건히 고여간다
합죽선 펼친 가지가 바라춤을 추던 때

취업 박람회

저 강가 물억새를 닮아가는 은퇴 노인

바람에 흔들리는 티켓 한 장 따내려고

헐값에 발품을 팔아 저녁놀에 기댄다

멸치후리

대변항 봄 바다는 은빛이 장관이다
통통히 살이 올라 돌아온 포구에는
멸치 떼 한마당 축제 발길마다 어야디야

공복의 갈매기도 눈치 보며 자리 잡고
후리친 그물 따라 날갯짓 신이 난다
산다는 의미 앞에는 비린내가 향기다

양동이 고무 대야 양보 없는 긴 줄 서서
봄 햇살 배급받아 생기가 번들댄다
막걸리 말통이 뛴다 양조장도 살판났다

4부

담쟁이

고려모자합

무지개 걷어 와서 당초문 꽃 피우고

향기를 곱게 담아 그대에게 바친 사랑

천 년이 흘러가도록 시들 줄을 모르네

어머니의 유훈

사람과 풀과 나무 사는 모습 닮아있다
한생을 삭히느라 쓴맛 단맛 들이면서
보내고 마중한 손님 여운까지 살피던

아낌없이 주다 보면 뻐꾸기도 울다 가고
흙에 든 씨감자는 땀 냄새 기억하느니
공덕을 쌓는 그 마음 달도 거울 닮더라

낮은 집 토종 대문 부부로 걸린 문패
동그란 꿈의 둥지 살갑게 열고 닫던
당신의 아흔 삶 흔적 내게 주고 가셨지

담쟁이

칠장이 김 씨에게 도색을 맡겼더니

초록빛 페인트로 쿡쿡 찍은 손자국들

멋쩍게 웃어 보이며 다시없는 명화라나

민통선 안부

녹이 슨 금 앞에서 발길 돌린 저문 날에
물든 잎 편지인 양 물고 가는 외기러기
내 고향 함경 사투리 서걱서걱 거리고

장미꽃 안고 가다 넘어진 하늘가엔
별들은 바둑 두듯 한 점 두 점 살아나고
노모는 보름달 꺼내 너절한 생 들춰봐

아홉시 뉴스에서 가끔은 겨자 푼 듯
죄 없는 산짐승이 이국 병에 쓰러졌고
별똥별 명분도 없이 바닷속에 꽂혔대

거리두기

시대가 내린 엄벌
가택연금 손 못 쓴 날

윗집 아랫집서
발로 치는 북소리

칼날 인끼 가슴에 얹고
안거수행하는 나날

반구대 암각화 날다

물고문 보다 못해 서운암에 옮긴 국보

자개옷 새로 지어 옻칠해 입혔더니

이제야 살 것 같다며 하늘가서 헤엄치네

질경이

한 그루 보리수의 그늘도 없는 오지
명줄이 길다 하여 던져진 안태인가
흙 파인 자국에 고여 눈엽 트는 저 혈기

비질한 맑은 뜰의 적막한 생애보다
삼지창 오만 같은 분별없는 가락보다
풀벌레 옷 젖는 서정 수풀에서 일어나

판자촌 너덜경에 파도 소리 걸터앉아
파란 하늘 베어 물고 까르르 웃는 아이
내던진 질긴 생애가 꽃대궁을 세운다

꼬마 민들레

오늘도 문 안 여는
수선가게 할아버지

구두 든 사람들은
고개 갸웃 돌아가고

어디가 편찮으실까
맑은 눈이 그렁그렁

새해 첫날

통유리 하나 가득 바다인 양 해가 뜬다
카톡새 날아와서 새날이 밝았다고
캡처한 오메가 문양 사방팔방 내건다

마음속 잠든 해를 걸개 보듯 바라보며
동굴 된 식탁에서 내외만 먹는 떡국
객지의 아이들 안부 적막 깨워 반갑다

새 소망 예감한 듯 촉 두엇 붉힌 철쭉
비워둔 가슴으로 찬 기운 스며든다
첫발을 내딛는 순간 기적汽笛이듯 뿜는 입김

놀이터

손녀 손 꼬옥 잡고 내디딘 근린공원
팬지꽃 안녕 안녕 날갯짓 접고 펴며
애틋한 유년의 꿈을 곱게 물고 팔랑인다

함께 탄 그네 의자 삐거덕 삐걱삐걱
녹 벗긴 기억들로 무성영화 돌고 돈다
한순간 스치는 아픔 저녁놀에 기댄 채

포르르 꼬마 참새 일 막 공연 끝났는지
우듬지 탱자나무 그 속에 숨어든다
하루치 펼친 책장은 땅거미가 덮었고

여름 소묘

연잎에 후드드득 소나기 쏟아진다

초록 우산 꺾어 들고 둑방길 뛰는 아이

서쪽에 무지개 떴다 두근대는 내 유년

섣달그믐 이후

윗마을 큰집으로 설 쇠러 가던 밤길
뽀드득 눈을 밟던 오 남매는 청맹과니
인사말 가르친 아버지 초롱불도 되셨지

대청서 어른 향해 덕담 함께 절 올릴 때
수줍음 멀뚱멀뚱 조카뻘 모른 탓에
나이 든 아래 촌수들 한참 웃음 쏟았지

고향도 늙어선지 모든 게 낯이 설고
삼대를 지켜오다 졸고 있는 먹감나무
일꾼을 대신한 KTX 들녘 베고 달아난다

이팝꽃

동구 밖 흰 쌀밥이 마을 먹여 살린다

고소한 뜸 냄새는 산까치가 물어 가고

구름이 자주 퍼 가도 고봉으로 남는다

대금산조

푸른 산 병풍 치고 신명 어린 한이 울면
젓대의 깊은 득음 허공 층층 갈앉힌다
꽃비는 소리도 없이 천만 마리 나비 되고

말끔한 하늘 위로 백자 달은 떠서 가고
창호에 비친 댓잎 물고기로 파닥이다
너와 나 아픈 사랑을 사륵사륵 껴안아

강은 또 달빛 풀어 무명옷 펼쳐 넌다
고무신 끄는 소리 하마 벌써 산문 걸고
가거라 곱던 원과 정 맴놀이가 되거라

5부

대설 앞에서

해바라기

시뻘건 불화살로 날 향한 네 앞에서

지칠 수 없는 사랑 까맣게 타는 화석

단 한 번 철벽 방패를 뚫지 못한 뉘지만

대설 앞에서

오르막 낑낑대다 속수무책 힘이 풀린
길 감던 바퀴 모두 폭설 속에 갇혀갔다
날품 판 손수레마저 예외 두지 않았고

자본의 굴레에서 서글픔에 야윈 가슴
상처 난 세상일을 풀어 놓친 수런거림
그 퍼런 날이 무뎌져 정적마저 감돈다

건넛집 소녀가 부는 정겨운 피리 소리
장엄한 하늘 손질 고요한 사유 끝에
눈밭에 피를 토하듯 기웃대는 동백꽃

서운암 한지*

큰 하늘 한 폭 잘라 백 리 길 펼쳐 넌다

쓴 세상 갖은 고뇌 그 길 위 걸어갈 때

는개 속 미소 머금고 나타나신 부처님

* 통도사 방장 성파가 제작한 길이 100m 폭 3m의 세계 최대 한지.
이곳에 불화佛畵를 그린다 함.

동래산성에서

땀 절인 삶의 무늬 흙담에 새겨두고
둥지 속 산새 알을 손안에 굴린 백성
반듯한 우리네 문패 동천에다 달았지

물길도 멀다 않는 왜적 떼 노략질에
내던진 질긴 목숨 성곽에 올라선 날
퍼붓는 비화살 맞서 끝내 지킨 철옹성

억새꽃 도포 자락 호방하게 웃어댄다
명장의 기개인 듯 산만 한 바위벽을
역사는 담쟁이처럼 기를 쓰고 오른다

왈츠 추듯

열일곱 앳된 시절 꽃무늬 치마 입고

무도회 초대된 듯 나붓나붓 걸어가면

신작로 양쪽 길가서 함께 춤춘 코스모스

헵번을 닮아보려 시집 한 권 손에 들고

가을볕 조명 아래 영화 대사 외던 구월

조금은 도도한 표정 청순했던 여고생

세트장 들어선 듯 전차 타고 가는 날엔

말 없는 표정들로 내게 몰린 눈빛 눈빛

저마다 잃은 꽃시절 아롱다롱 느낀 듯

숲길을 걸으며

음 이월 숲길을 함께 걸어갔던 그이는
오스스 추위 타며 어깨를 기대었다
옆지기 보낸 시린 맘 단애처럼 둘러놓고

홀홀히 벗은 능선 봄빛 도는 볕에 앉아
부르튼 발로 걷다 하늘 집 지어 떠난
흐려진 뒷말을 받아 고요 흩는 산새들

보태는 길 위에는 지워지는 길도 있듯
잠에 든 묵묵부답 기다림 곁에 두고
가물댄 등대 빛 보며 섬처럼은 앉지 말게

옹기종기

산동네 회관에서 김장을 함께 한 날
왁자한 웃음 쏟아 팔 걷은 아홉 어매
통배추 숨죽여 놓고 기가 펄펄 살더라

산다화 피었다 진 섭섭한 뒷마당에
솥단지 내걸리자 보쌈과 만난 김치
집집이 들춰낸 야사野史 눈물 쏙쏙 빼더라

서로를 부축하며 고난도 힘이라며
한세상 옹기종기 여문 씨앗 나눈 자리
물까치 줄행랑친 하늘 금빛으로 타고 있다

독백

가슴속 응어리가 연기 없이 타던 날에

파지로 구겨 던진 푸른 밤 불면의 시詩

풀벌레 달빛 종이에 다시 옮겨 적는다

마트에서 길을 잃다

가격표 따라가다 막다른 골목에서

출구가 어딘지 몰라 미로 속 헤맨다

이봐요 누구 없어요 제발 나 좀 꺼내줘요

놀이터 느티

재개발 쿵쿵 소리
포클레인 힘센 공룡

백 살도 넘는 나이
뿌리째 먹히던 날

내 유년 타임캡슐은
우주 향해 떠났다

사랑을 연주하다

잠 잃은 나를 살펴 체로 친 고운 아침

어여쁜 곤줄박이 은빛 플루트 불어대면

초록 비 실로폰 소리 창가에서 듣는다

해묵은 과수원

엇박자 놓는 참새 튜닝하는 황금벌 떼
귀뚜리 활을 들자 시작된 리허설에
과일 등 드문드문 매단 절정 없는 추수절

키마저 작아지던 얼치기 풀 비린내
해마다 옅어지던 과즙 향 부신 색상
바람에 흔들리면서 나뭇잎만 붉었다

휘어진 가지마다 정을 치던 출렁임도
버짐 핀 우듬지에 까치 밥상 줄어들고
과수도 아버지 함께 골다공증 앓았다

눈 온 아침

가만히 문틈으로 귀 쫑긋 대어보면

누나가 뽀득뽀득 가지를 씻는 소리

옆에서 겨울나무는 콘트라베이스 연주한다

2020 제야

가거라 경자년아 열꽃 거둬 사라져라
너와 보낸 모진 날들 살다 살다 처음 본다
사는 게 사는 게 아니다 어찌 말을 다 할까

하룻밤 지샌다고 다시 찾을 일상일까만
제야의 종소리를 미디어로 듣는 것만도
우리는 희망의 끈을 놓지 않고 있나니

백 년 만에 겪어보는 희한한 일 앞에서
삶과 죽음의 거리 한 치도 아니란 걸
안테나 세운 가지는 무언無言으로 전한다

따스한 인간애와 빼어난 물활론적 시들

조동화 시인

1

영국의 저명한 역사학자 토인비는 자신의 필생의 역저 『역사의 연구』에서 역사를 유기체적인 문명의 주기적인 생멸生滅이라 했으며, '도전挑戰'과 '대응對應'이라는 상호 작용을 문명의 추진력으로 보았다. 그런데 그가 말한 도전과 대응이라는 것도 물리학적 관점에서 보면 작용과 반작용에 다름 아님을 알 수 있다. 그럴진대 문학도 문명의 한 부분이므로 생멸이 없을 수 없고, 그 생멸 속에 일고 지는 도전과 대응, 혹은 작용과 반작용의 추이推移도 자연스레 주목하게 된다. 예컨대 신라시대에는 정형시 향가가 주류를 이루었던 데 반해, 고려시대에는 자유분방한 고려 가요가 찬란한 날개를 퍼덕였다. 또 조선시대에는 다시 정형화된 3장 6구의 시조가 주류를 형성했던 데 반해, 개화기 무렵부터는 틀에 매이지 않는 자유시가 새롭게 득세했다. 그렇다면 오늘날은 어떠한가? 필자는 자유분방한 사고와 여러 가지 장르와 틀을 다 수용하는 오늘날의 문학을 시조와 자유시의 공존의 시대라고 본다. 그리고 이 상태는 당분간은 지속되리라고 전망한다.

1920년대 후반에 국민문학파가 민족주의 문학 운동의 일환으로 최남선, 이광수, 이은상, 이병기, 정인보 등이 전개한 시조부흥운동은 살아 있는 민족혼의 발로임이 분명했으나, 서구 문명의 유입과 함께 들어온 자유시의 맹렬한 기세에 비하면 미미한 움직임에 불과했다. 그러나 우리 민족의 바탕에 흐르는 은근과 끈기 덕분일까, 가람과 노산의 뒤를 이은 초정과 이호우, 사봉과 박재삼, 백수 등이 현대시조의 중흥을 이루어 오늘날에는 1300여 명의 시인들이 대하大河의 도도한 물결을 이루고 있으니, 실로 이보다 시조가 더 융성한 시대는 일찍이 없었다.

그렇다면 시조가 이렇듯이 우리 민족의 사랑을 받아 면면히 그 명맥을 잇는 이유는 어디에 있는가? 주지하는 대로 우리나라는 대륙국가도 해양국가도 아니다. 대륙의 기질도 해양의 기질도 아닌 반도의 어떤 것, 방만하지도 않고 아주 단순하지도 않은 그것이야말로 시조만이 가진 아름다움, 곧 시조의 절제된 균제미均齊美가 아닌가 한다.

2

정현숙 시인의 시조 72수를 정독하면서 무엇보다도 먼저 그의 따스한 인간애人間愛에 주목하지 않을 수 없다.

날씨가 추워지자 헤엄치는 금붕어빵
아이들 손안에서 달아나려 파닥인다
왁자한 웃음소리가 골목시장 달구고

길냥이 형광 눈빛 번뜩 감춘 모퉁이로
옷깃을 세운 어깨 뚜벅이며 오는 거인
한 봉지 온기를 사서 머릿속에 담는다

산번지 마중 나온 삼십 촉 아기 반달
절며 온 그림자와 주머니 속 얘기 꺼내
한 마디 새순 넝쿨로 담장 위에 걸친다

-「인동초」전문

이 시를 읽노라면 전편을 통해 어디 없이 온기가 느껴진다. 날씨가 추워지면서 등장하는 금붕어빵, "아이들 손 안에서 달아나려 파닥인다"는 생동감 넘치는 포착이 눈부시다. 형광 눈빛을 한 길고양이가 사라진 골목길로 "옷깃을 세운 어깨 뚜벅이며 오는 거인" 그는 아마도 어느 집의 가장이리라. 그는 하루의 노동을 끝내고 돌아가다가 머릿속으로 사랑하는 아들딸을 생각하곤 붕어빵을 한 봉지 사서 집으로 향한다. 그의 집이 있는 곳은 달동네라고 불리는 "산번지"에 있다. 마중 나온 "삼십 촉 아기 반달"이 앙증맞으면서도 재치 만점의 표현이다. 거인은 말했을 것이다. "얘들아, 아빠 왔다" 하고. 바로 이 순간 겨울에도 새순이 파란 인동덩굴이 달빛을 받아 담장 위에 희미하게 빛난다.

이 작품은 배경은 겨울이 오는 길목이지만 전혀 춥지 않다. 오히려 웃음이 있고 정이 있으며 어디 없이 온기가 훈훈하다. 시인의 따스한 마음이 시 전체를 솜이불처럼 감싸고 있기 때문이리라.

따스한 인간애가 배어 있는 작품 가운데 다른 한 편을 보자.

산동네 회관에서 김장을 함께 한 날
왁자한 웃음 쏟아 팔 걷은 아홉 어매
통배추 숨죽여 놓고 기가 펄펄 살더라

산다화 피었다 진 섭섭한 뒷마당에
솥단지 내걸리자 보쌈과 만난 김치
집집이 들춰낸 야사野史 눈물 쏙쏙 빼더라

서로를 부축하며 고난도 힘이라며
한세상 옹기종기 여문 씨앗 나눈 자리
물까치 줄행랑친 하늘 금빛으로 타고 있다
　－「옹기종기」전문

　옛날 시골에서는 원시적 유풍인 공동 노동체 조직으로
‘두레’라는 게 있었고, 힘든 일을 서로 거들어주면서 품을
지고 갚고 하는 형식의 ‘품앗이’라는 것도 있었다. 그런데
여기 「옹기종기」에 나타난 노동의 형식은 이런 두 가지와
는 또 다른 형태다.
　일을 하되 함께 모여서 같은 일을 하는 것이다. 여기 나
타난 김장의 경우는 아낙네들이 배추나 양념을 공동으로

구매하거나 부담하여 공동 노동을 한다. 자식들은 대처로 나가고 늙은 부부나 혹은 혼자된 늙은이들이 필요로 하는 김장의 양이 많지 않으므로 모여서 함께 김장을 하면 성가시지 않고 거리도 절약되어 이래저래 편리할 뿐만 아니라, 심심하기는커녕 오히려 노동이 재미가 난다. 거기다 고기도 좀 사고 막걸리라도 곁들여 요리해서 함께 먹으면 맛도 있거니와 흥도 나게 마련인 것이다.

이 작품은 보는 것처럼 첫째 수에서는 산동네 고만고만한 아낙네들 아홉이 마을회관에 모여 와자하게 웃으며 막통배추를 소금에 절여놓고 모처럼 평소의 의기소침에서 벗어나 담소를 나눈다.

둘째 수에서는 산다화가 피었다 진 허전한 뒷마당에다 대형 솥을 내걸고 고기를 삶아 김치보쌈을 해먹노라면 술기운에 평소에는 안으로만 삭이던 아픔들을 공공연히 드러내 함께 울며 웃기도 한다.

셋째 수에서는 속에 간직한 아픔들을 나누고 나면 오히려 마음의 병들이 치유가 된다. 왜 우리 전해오는 이야기에도 "우리 임금님 귀는 당나귀 귀"라는 말을 못해 병이 난 경문왕의 복두장幀頭匠이 홀로 대숲에 가서 "우리 임금님 귀는 당나귀 귀다" 하고 외쳤더니 병이 나았다는 사연이 있지 않은가. 서로의 흉금을 털어놓는 사이에 산번지 사람들도 치유가 이루어지는 것이리라. 막 물까치가 날아간 하늘에 노을이 금빛으로 물들었다. 마침내 뉘엿뉘엿 하루 해가 저물어가는 것이다.

그러나 앞의 두 작품과는 또 다른 인간애가 돋보이는 소시민의 삶도 있다.

대변항 봄 바다는 은빛이 장관이다
통통히 살이 올라 돌아온 포구에는
멸치 떼 한마당 축제 발길마다 어야디야

공복의 갈매기도 눈치 보며 자리 잡고
후리친 그물 따라 날갯짓 신이 난다
산다는 의미 앞에는 비린내가 향기다

양동이 고무 대야 양보 없는 긴 줄 서서
봄 햇살 배급받아 생기가 번들댄다
막걸리 말통이 뛴다 양조장도 살판났다
　　－「멸치후리」전문

"대변항"이라는 구체적 지명이 명시된 이 작품은 다른 풍광, 다른 생활, 다른 활기로 해서 전편에 아연 생동감이

넘친다. 봄 바다는 파도도 희고 멸치 풍어 때라 멸치들의 은빛 비늘도 눈부시게 희다. 멸치들은 통통하게 살이 올랐다. 대변항의 봄 한 철은 갑작스레 밀려온 황금 노다지 멸치 풍어로 인해 포구 전체가 축제 분위기다. "어야디야" 라는 감탄사가 흥겹기 그지없다.

'후리'는 바다에 넓게 둘러치고 여러 사람이 두 끝을 끌어당겨 물고기를 잡는 큰 그물이기도 하고, 혹은 그 후릿 그물로 물고기를 잡는 일이기도 하다. 그렇다면 "멸치후리"는 멸치 떼가 몰려올 때 그것을 큰 그물로 둘러막아 끌어 포획하는 작업을 가리키는 말임이 분명하다. 이때 멸치 한 마리라도 먹이로 챙기려는 갈매기들의 날갯짓이 분주할 수밖에 없다. 사람에게나 갈매기에게나 풍성한 먹거리가 갑작스레 넘쳐나니, 포구에 가득한 비린내야말로 곧 살맛 나는 생활의 향기가 아닐 수 없는 것이다.

자잘한 고기지만 멸치만큼 유용한 고기가 또 있을까. 포구의 사람들은 저마다 양동이나 대야를 들고 나와 길게 줄을 서서 멸치들을 사 간다. 양동이와 대야마다 담기는 은빛 멸치에 햇살마저 담겨 눈이 부시다. 사람들은 이것을 집으로 가져가서 젓도 담그고, 일부는 회를 뜨거나 찌개로 끓여 술안주를 삼게 마련이다. 갑자기 늘어난 막걸리 수요에 양조장도 신이 날밖에.

시조 한 편 한 편을 창唱이라면 이 작품의 창법唱法은 아주 독특하다. 「인동초」와 「옹기종기」가 중모리 정도의 장단이라면, 「멸치후리」는 첫째 수부터 둘째 수를 거쳐 셋째 수까지 숨 돌릴 겨를 없이 밟아가는 가락이 중중모리를 넘어 영락없이 자진모리 그것이 아닌가!

3

정현숙 시조를 정독하는 동안 따스한 인간애 다음으로 어필해 온 것은 그의 물활론적 시편들이다.

물활론物活論, hylozoism이란 물질이 본질적으로 생명력과 운동력을 근원으로 하고 있는 혼魂을 가진다고 보는 세계관의 하나이다. 따라서 모든 물질은 그 자체 속에 생명을 갖추고 있어서 생동한다고 하는 견해의 학설이지만, 여기서는 거창한 논의보다는 물질 그 자체에 생명과 활력이 있다고 보는 소박한 범주 안에서 시편들을 살펴보고자 한다.

먼저 단수 세 편부터 보기로 하자.

① 저 어린 철부지가 옷 자랑 하고 싶어

봄눈이 남아있는 문밖을 달려 나와

새로 산 노란 치마를 바람결에 뽐낸다
　－「복수초」전문

②눈 펑펑 내린 강에 한지 뜨는 겨울바람

갈대는 묵필 들어 진경산수 그려간다

시린 맘 화제로 우는 얼음장 밑 물소리
　－「겨울 강」전문

③내 뭐라 카더노 집에 있어라 안 카더나

니 바지 붙은 불도 감당하기 힘들 낀데

속에 확 붙은 불길은 인자 우째 끌 끼고
　－「비슬산 참꽃」전문

세 편 다 물활론에 충실한 작품들이다. ①과 ③에서는

"복수초"와 "참꽃"이라는 식물이, ②에서는 "겨울바람"과 "물소리"라는 무생물이 물활론의 주인공이 되어 있다.

①에서는 보는 그대로 옷 자랑 하고 싶은 어린 철부지 복수초가 아직 "봄눈이 남아있는 문밖을 달려 나와", "새로 산 노란 치마를 바람결에" 뽐내고 있다. 아무 데도 어려운 데가 없다. 그저 자연스럽게 철부지 딸아이가 노란 치마를 입고 나와 바람결에 자랑할 뿐이다.

②에서는 겨울바람이 눈 펑펑 내린 강에서 한지를 떠내고 있다. 그 순간 강가의 마른 갈대가 묵필을 들어서 진경산수를 그려간다. 바로 그 바람에 쓸리는 갈대 그림이다. 막 떠낸 한지 밑에서는 "시린 맘 화제로 우는" 물소리가 희미하게 들려오는데…….

③은 대사 일색으로 단수 한 편을 처음부터 끝까지 마무리하고 있다. 그러니까 진달래가 피어나는 장면을 어머니가 철없는 딸이 밖에 나갔다가 사랑에 빠진 것으로 상정하여 친근감 넘치는 어머니의 말로 시종일관 토박이 사투리를 구사하고 있다. 이 정도라면 물활론의 시로서는 거의 최고의 경지를 열었다고 할 수 있다.

안개 속 잠긴 섬이 별천지로 부침浮沈한다
표백제 푼 파도 창에 와 게워대고

때 절은 온갖 세상일 손빨래로 치댄다

누구든 여기 와서 어둠에 익숙하면
각이 진 모난 맘도 둥글게 다듬어져
뚫린 귀 몽돌 속에는 물소리가 사느니

수억 개 불빛들이 은하수로 흐른 이 밤
바디 북 딸각이며 구름 짜는 직녀 위해
마천루 처마 끝에는 초승달이 걸린다
　−「해운대 밤바다」전문

　물활론의 기법이 바탕에 깔린 연시조이다. 우주가 온통
품 안에 드는 밤, 멀리 안개 속에 잠긴 섬이 별천지처럼 나
타났다가 사라졌다가 하는데, 표백제를 푼 듯 하얗게 밀
려오는 파도가 흰 거품을 게워대며 "때 절은 온갖 세상일
손빨래로 치댄다." 왜 때 전 온갖 세상의 일들을 손빨래로
치대야 하는가? 그것은 아마도 세상이 너무 어둡고 혼탁
하므로 순수와 깨끗함을 갈망하는 시인으로서는 자연스
럽게 자신이 희구希求하는 세상에 대한 소망을 반영한 것
으로 보인다.
　아마도 시인의 집은 해운대의 바다가 내려다보이는 높

디높은 아파트인 듯하다. 「서재에 갇힌 바다」라는 작품으로 미루어 그 집은 소금기 많은 바닷바람을 피하기 위해 통유리로 거실을 감싼 집으로 보인다. 이윽고 밤이 오고 어느 정도 어둠에 익숙해지면 시인은 그때마다 자주 먼 물소리를 들으며 모난 마음이 둥글게 다듬어지는 경험을 하는 모양이다. 그것은 뚫린 귀로 물소리가 드나드는, 스스로 하나의 몽돌이 되곤 하는 독특한 체험이다. 그래서 시인은 자신한다. 누구든 여기 자신의 집에 와 하룻밤쯤 머물게 되면 모난 마음이 몽돌처럼 다듬어지리라고.

멀리 도시의 불빛들이 은하수처럼 흐르는 밤이다. "바디 북 딸각이며 구름 짜는 직녀"가 있다. 전설 속의 직녀는 견우의 짝으로 옥황상제의 노여움을 사 서로 떨어져 살다가 7월 7일 칠석날 까마귀와 까치가 놓아주는 오작교 건너 한 해에 꼭 한 번씩만 만나는 슬픈 운명이지만, 바디 북 딸각이며 구름 짜는 이 직녀는 누구일까? 놀라지 말 일이다. 높디높은 마천루에 사는 직녀는 사념의 바디 북을 딸각이며 일념으로 시를 교직하는 시인 자신이다. 바야흐로 이 밤도 "마천루 처마 끝에는" 밤새 시 쓰는 직녀를 위해 단검처럼 빛나는 "초승달이 걸린다."

이제 이쯤에서 물활론의 정수精髓라 할 수 있는 다음의 작품 한 수를 더 보자.

큰 화첩 넘긴 첫 장 물안개가 스멀댄다
그 속을 비집고 나온 수묵빛 쪽배 한 척
장대로 세월의 깊이 조심스레 재고 있다

찾아든 진객 위해 맷방석 내어 와서
발목 삔 황로에게 침 시술 하는 가시연
햇살이 부기 빼느라 자연 온도 높여간다

백악기 자궁에서 눈뜨는 신생新生 위해
정찰 갔다 돌아오는 꼬마 고추잠자리
늪왕국 이상 없다며 곤한 잠을 청한다
　－「아침 우포」 전문

　이 나라 최대의 자연내륙습지 우포늪을 노래한 명편이
다. 우포늪의 첫인상을 이 시는 "큰 화첩 넘긴 첫 장"이라
운을 뗀다. 이어서 "수묵빛 쪽배 한 척"과 장대를 짚은 사
람의 모습이 멀리 보인다. 장대는 곧 삿대다. 삿대는 사람
이 배에 선 채 깊이가 얕은 강이나 호수 바닥을 장대 끝으
로 밀어내며 그 반동으로 앞으로 나가게 하고 방향을 조
종하기도 하는 도구이다. 지금 막 쪽배는 어디론가 이동

하려는 듯 삿대를 물 깊이 찔러 넣고 있다. 시인은 이 장면을 두고 "장대로 세월의 깊이 조심스레 재고 있다"라고 노래한다.

물활론의 정수는 둘째 수이다. "찾아든 진객"은 다름 아닌 황로黃鷺이다. 황로란 황새목 왜가릿과의 조류로 가슴과 어깨 사이 깃이 황갈색라서 이름 붙여진 희귀종의 철새이다. 황로의 삔 발목에 침술을 시술하는 한의원의 주인은 가시연이고, 가시연의 둥글고 큰 잎은 진귀한 손님인 황로를 위해 내놓은 맷방석이다. 때마침 아침 햇살도 찜질로 부기를 빼주려는 듯 온도를 높여가기 시작한다. 무엇보다 동화적 설정이 전혀 어색하지 않고 오히려 멋스럽고 재미있다. 이 대목은 시인이 빼어난 동심의 소유자임을 잘 보여준다.

1억 5천만 년 전에 생성됐다는 우포늪의 백악기 자궁에서 오늘도 눈뜨는 생명들, 그 신생의 생명들을 지키는 지킴이들 역시 사람이 아니다. 막 "정찰 갔다 돌아오는 꼬마 고추잠자리"가 우포늪의 지킴이이다. "늪왕국 이상 없다며 곤한 잠을 청한다", 실로 자연스러운 결구이다. 한 바퀴 돌고 와서 다시 풀잎에 앉아 잠을 청하는 고추잠자리의 모습이 눈에 선하다. 이 셋째 수의 물활론적 표현도 둘째 수에 손색이 없다.

4

정현숙 시인의 시조는 우리 것에 대한 남다른 애착을 가짐과 동시에 우리 목숨의 근원인 부모에 대한 기억도 남다른 곡진함을 아울러 잘 간직하고 있다. 먼저 우리 것에 대한 골똘한 관심부터 살펴보기로 하자.

꽃 지고 봄이 가면 올 이도 없는 산방
어머니 남기고 간 옥양목 잘라내어
더덩실 춤이나 추게 흰옷 한 벌 지으련다

북재비 참맛일랑 바람이 대신하고
어깨춤 들쭉날쭉 신명 난 사위 사위
돌아본 물소리 얼쑤 추임새도 넣으리

가끔은 산다는 게 눈 캄캄 어두우면
보름날 달을 당겨 처마 끝에 걸어놓고
분분한 세월 자락과 술래잡기해 보련다
—「동래학춤」전문

'동래학춤'은 부산 동래 지방에서 추어지는 학의 동작

을 표현한 춤으로 부산광역시 시도무형문화재 제3호에 해당하는 민속춤이다. 구전에 따르면 동래의 광대한 무덤 기땅에 황새가 떼를 지어 서식했고, 주민들은 황새의 몸짓을 오래도록 관찰한 나머지 동래학춤이 생겨났을 것으로 추정한다. 의상은 갓에다 흰 도포, 바지저고리에 버선과 미투리를 신고 춤추고, 반주악기는 꽹과리와 장구, 징, 북 등이며, 장단은 주로 굿거리장단이다. 주된 춤사위는 학이 날개를 벌려 날아가듯이 양손을 어깨 위로 너울거리면서 뛰어다니는 사위, 한 발을 접고 조용히 서 있는 동작인 발 드는 사위, 학이 땅에 내려 좌우상하를 바라보는 시늉을 하는 사위 등으로 이루어지는 민속춤이다.

첫째 수는 동래학춤으로 가는 도입부이다. "꽃 지고 봄이 가면 올 이도 없는 산방"은 적막감으로 가득 찬다. 바로 그때 시인은 어머니 남기고 간 피륙 옥양목을 잘라내어 흰옷 한 벌을 짓겠다고 한다. 더덩실 학춤이나 추면서 무료를 달래기 위해서이다.

둘째 수는 동래학춤의 춤옷인 흰옷을 입고 춤의 세계로 몰입한다. 시인은 북재비 신명일랑 바람에게 맡겨두고 어깨춤 들썩이며 신명 나는 사위마다 들려오는 물소리 따라 추임새도 넣으리라 한다.

셋째 수에서는 가끔 삶의 의미를 몰라 눈앞이 캄캄하게

어두워올 때, "보름날 달을 당겨 처마 끝에 걸어놓고" 번번이 손아귀를 빠져나가 달아나기 일쑤인 세월과 시인은 한바탕 동래학춤으로 어우러져 술래잡기라도 해보려 한다.

우리 것에 대한 애착을 한 편 더 보기로 하자.

> 푸른 산 병풍 치고 신명 어린 한이 울면
> 젓대의 깊은 득음 허공 층층 갈앉힌다
> 꽃비는 소리도 없이 천만 마리 나비 되고
>
> 말끔한 하늘 위로 백자 달은 떠서 가고
> 창호에 비친 댓잎 물고기로 파닥이다
> 너와 나 아픈 사랑을 사륵사륵 껴안아
>
> 강은 또 달빛 풀어 무명옷 펼쳐 넌다
> 고무신 끄는 소리 하마 벌써 산문 걸고
> 가거라 곱던 원과 정 맥놀이가 되거라
> ─「대금산조」전문

대나무로 만든 횡적橫笛, 곧 가로저를 대금이라 하며, 이 대금으로 연주하는 독주곡을 대금산조라 한다. 그러니까 기악 독주곡인 산조를 대금으로 연주한 곡이 곧 대금산조인 것이다. 대금산조의 장단은 진양조-중모리-중중모리-자진모리로 짜여 있으며, 청공淸孔(부는 구멍과 손가락 짚는 구멍 사이에 뚫려 있는 구멍)을 떨어주는 장쾌한 소리가 대금산조의 묘미라고 한다.

무릇 악기란 연주하는 솜씨를 가진 사람과 그 악기를 연주할 때 들을 만한 귀를 가진 사람이 있어야 하는데, 여기에 해당하는 가장 고전적인 예화는 유백아(초나라 거문고의 대가)와 종자기(초나라의 나무꾼)의 이야기이다.『열자列子』의「탕문편湯問篇」에 따르면, 백아가 거문고를 들고 높은 산에 오르고 싶은 마음으로 이것을 타면 종자기는 옆에서, "참으로 근사하다. 하늘을 찌를 듯한 산이 눈앞에 나타나 있구나"라고 말하였고, 다시 백아가 흐르는 강물을 생각하며 거문고를 타면 종자기는 "기가 막히다. 유유히 흐르는 강물이 눈앞을 지나가는 것 같구나" 하고 감탄하였다고 전해온다. 둘은 이렇게 거문고를 잘 타는 사람과 그 소리를 들을 줄 아는 사람으로 만나 둘도 없이 막역한 친구가 되었던 것이다. 그 후 백아보다 먼저 종자가가 죽자 백아는 지음知音을 잃었다고 탄식하고는 거문고를 다시는 타지 않았다고 전해온다.

첫째 수는 대금산조로 접어드는 들머리이다. "푸른 산 병풍 치고"는 푸른 산을 배경으로 앉거나 푸른 산이 그려진 병풍을 둘러두고 앉거나 전체 해석에 아무런 상관이 없다. 젓대를 통해 한 깊은 소리가 울려 퍼지면, 그 소리가 닿는 허공 층층마다 가지런히 가라앉는 듯한 느낌을 주고, 마치도 수많은 꽃잎이 천만 마리의 나비로 화하여 내리는 것만 같다.

둘째 수는 대금산조의 중간 길목이다. 말끔한 하늘 위로 흡사 백자 같은 달이 떠가고, 달빛이 내리는 창호에 비치는 댓잎이 물고기처럼 파닥이며 흡사 아픈 옛사랑의 기억을 사륵사륵 껴안아 어루만져 주는 듯도 하다.

셋째 수는 대금산조의 마무리이다. 젓대로부터 발원하는 강은 그 위에다 흰 달빛을 풀어 무명옷을 펼쳐 너는 것만 같은데, "고무신 끄는 소리 하마 벌써 산문 걸고"라는 대목은 대금산조의 끝부분으로 접어들고 있음을 보여준다. 시인은 마지막 커졌다 작아졌다 이어지는 음률을 향해 맥놀이가 되라고 기구祈求하며 대단원을 장식한다.

대금의 명인이 유백아라면 대금산조의 선율에 깊은 이해를 가지고 귀 기울이는 정현숙 시인은 갈데없이 종자기가 아닌가! 승무僧舞에 관한 한 조지훈의 「승무」를 능가하는 시가 다시 나오기 힘들듯, 대금산조에 관한 한 정현숙 시인의 이 시조를 능가할 만한 작품도 더 이상 나오기는 힘들 것이란 생각을 해본다.

이제 이쯤에서 육친肉親, 그것도 부모에 관한 시조를 두어 편 더 살펴봄으로써 대미大尾에 이르고자 한다.

> 엇박자 놓는 참새 튜닝하는 황금벌 떼
> 귀뚜리 활을 들자 시작된 리허설에
> 과일 등 드문드문 매단 절정 없는 추수절
>
> 키마저 작아지던 얼치기 풀 비린내
> 해마다 엷어지던 과즙 향 부신 색상
> 바람에 흔들리면서 나뭇잎만 붉었다
>
> 휘어진 가지마다 정을 치던 출렁임도
> 버짐 핀 우듬지에 까치 밥상 줄어들고
> 과수도 아버지 함께 골다공증 앓았다
> ―「해묵은 과수원」전문

과수원은 지금이야 힘든 일의 상징으로 치부되지만, 지나간 시절에는 흔히 유복함의 상징으로 통하곤 했었다. 그러나 그 과수원도 나무들이 너무 고목이 되거나 과수들에게 쏟는 정성이 줄어들게 되면 수확도 그만큼 시원찮아지게 마련이다.

사과꽃이 가지마다 환하게 피어나는 봄날, 수천수만 마리의 벌 떼들이 몰려와 잉잉거릴 때면 참새 몇 마리 날아와 우짖는 소리는 아닌 게 아니라 좀 생뚱맞다. "엇박자 놓는 참새 튜닝하는 황금벌 떼"라는 첫 내디딤이 안성맞춤으로 어울린다. 어느새 귀뚜라미가 바이올린을 켜는 가을이 와 밤마다 리허설이 한창이지만, 전성기가 지난 과수들이라 알전구처럼 빛나던 과일 등도 이제는 드문드문 달려 을씨년스러움을 자아낸다. 아버지 연세만큼이나 과수원도 저물고 있는 것이다.

과수들도 쇠약한 가지들을 쳐내다 보면 해마다 키가 줄어든다. 달리는 과일 수가 줄어드니 풍기는 과즙 향도 예전 같지 않고 가을이 깊어질수록 잎사귀들만 단풍이 들어 붉다.

가지가 온통 휘어지도록 탐스럽기만 하던 광경이 어제 일처럼 어른거리는데, 버짐 핀 우듬지에 까치밥으로 남겨 두던 과일도 해마다 줄어들어 간다. 과수도 사람도 나이 앞에서는 온전히 견디기 어려운 것이 성쇠盛衰와 생멸生滅의 이치다. 그런 의미에서 "과수도 아버지 함께 골다공증 앓았다"는 종장은 한 치 어긋남이 없이 잘 어울리는 결구라 할 만하다.

이제 어머니의 그늘로 옮겨 가보자.

사람과 풀과 나무 사는 모습 닮아있다
한생을 삭히느라 쓴맛 단맛 들이면서
보내고 마중한 손님 여운까지 살피던

아낌없이 주다 보면 뻐꾸기도 울다 가고
흙에 든 씨감자는 땀 냄새 기억하느니
공덕을 쌓는 그 마음 달도 거울 닦더라

낮은 집 토종 대문 부부로 걸린 문패
동그란 꿈의 둥지 살갑게 열고 닫던
당신의 아흔 삶 흔적 내게 주고 가셨지
　　－「어머니의 유훈」 전문

　시인, 아동문학가, 만화가, 연주가, 작곡가 등 온통 다재
다능한 사람의 대명사였던 미국의 셸 실버스타인의 대표
작에 『아낌없이 주는 나무』라는 동화가 있다. "옛날에 나
무 한 그루가 있었다. 소년은 나무를 무척이나 사랑했다.
나무는 소년의 행복을 위해 자신의 모든 것을 아낌없이
내주었고, 소년이 청년이 되고, 노인이 될 때까지 나무는
여전히 그곳에서 아낌없이 자신의 모든 것을 내주었다"

라는 줄거리의 그림동화인데, 젊은 날에 읽었지만 아직도 고스란히 여운이 남아 있는 작품이다.

오늘 정현숙 시인의 「어머니의 유훈」을 읽노라니 문득 그 『아낌없이 주는 나무』가 생각난다. "한생을 삭히느라 쓴맛 단맛 들이면서"도 아무런 내숭 없이 "보내고 마중한 손님 여운까지 살피던" 어머니. 그분이야말로 아낌없이 주는 나무의 화신임에 틀림이 없다.

그냥 다 내주는데 뻐꾸기인들 왜 아니 울까. 흙에 든 씨 감자인들 그 땀 냄새 왜 기억 안 할까. 한평생 공덕을 쌓는 그 마음에 달도 거울이 되어 비춰주고 싶으리라.

"동그란 꿈의 둥지 살갑게 열고 닫던" 토종 대문에 부부가 나란히 문패를 달아두고 평생을 사셨던 그 정든 집! 아흔 해 동안 미운 정, 고운 정을 다 품고 사셨던 그 흔적을 시인에게 아낌없이 주고 가셨다고 회상해 마지않는다. 갈피갈피 구석구석이 다 당신의 그리운 흔적이요 유훈遺訓이다. 실로 아낌없이 주고 가신 나무가 아닐 수 없다.

5

이상으로 정현숙 시인의 『아침 우포』를 일별해 보았다.

총 72편 가운데 겨우 12편을 살펴보는 데 그쳤으니 말 그대로 한번 흘낏 살펴본 데 지나지 않는다. 그러나 그렇더라도 어두운 곳은 등을 켜고 험한 바위너설에는 붙잡고 오를 밧줄도 몇 개 매달았다고 자위해 본다.

정현숙 시인의 시조는 3수 연작이 38편, 단수가 28편, 2수 연작이 3편, 4수 연작이 3편이라는 통계를 보인다. 따라서 가장 선호하는 형식이 3수 연작이며, 다음으로 선호하는 형식이 단수임을 알 수 있다. 그런데 해설한 시조의 형식을 살펴보니 총 12편 가운데 3수 연작이 9편이고 단수가 3편이었다. 이로 미루어 볼 때 정현숙 시인의 시조는 3수 연작이 가장 선호하는 형식일 뿐만 아니라, 수준작도 3수 연작에 거의 치우쳐 있음을 알게 된다. 무릇 시인이 한평생 시를 썼을 때, 결국 최종적으로 남는 작품은 한두 편이라고 볼 수 있다. 그렇게 볼 때 어쩌면 정현숙 시인의 명편名篇도 3수 연작에서 나올 가능성이 크다고 짐짓 전망을 해본다.

그러나 시인이 남기는 명편이 꼭 완벽한 한 편의 작품이 될 필요도 없다고 본다. 예컨대 김광균은 "먼 곳에 여인의 옷 벗는 소리" 한 구절로도 만인의 입에 회자膾炙되었고, 우리 시조에서도 박재삼은 "부연 들기름 불이 지지지 지지지 않고/ 달빛도 사립을 빠진 시름 갈래 만 갈래" 두

구절만으로도 어느 시인도 따를 수 없는 경지를 열었으니 말이다.

　아무쪼록 먼 길에 절차탁마切磋琢磨, 각고면려刻苦勉勵하여 길이 시사詩史에 남는 시인이 되기를 바라 마지않는다.

2021년 여름 송뢰헌松籟軒에서